歌集

嬬恋

原田千万

六花書林

嬬恋＊目次

装幀　真田幸治

嬬恋

木

孤高とはまぼろしなれど冬空を支へていつぽんの木が立ちてをり

目覚むればものみな雪につつまれて父の逝きたる齢となりぬ

卵黄のなかにひとすぢくれなゐがありてしんしん雪ふりしづむ

雪霏々と降りしきる見ゆ冬の蛾に羽なきもののあるを聞きつつ

赤き円となりて夕陽はしづみゆく生きゐることにかたちあらねど

π

かなしみに匂ひはあらず匂ひなきひとびとの棲む街を歩めり

煮凝りのごとく遺りし夢かかへこの春もわれにゆきどころなし

「π」といふ抽象あるいは凶兆と思ひつつノートに鎮めて置きぬ

一頭の馬としばらく向きあひていづれも覇者にはあらぬと思ふ

朱の羽に前世の記憶吊るごとくてんたう虫が飛び去りにけり

ゆるやかに流れゆきたる日月を精霊ばつたは跳び越えてゆく

こほろぎは輪廻輪廻とその織きこゑふるはせて果てゆくならむ

いづこへとゆくや厩に一頭の馬が眠りてそのたましひは

秋

しののめの雨に濡れつつ曼珠沙華は毒をかかへて咲き並びをり

凹凸のありし記憶がいつのまに平らとなりてしづまりをりぬ

詩人の死　死人の詩とも言へるらく紅葉なだるるなかにありたり

鬼の裔ならむやわれも　むらさきの木草割れたるなかのしろたへ

さよならと言ひてしばらくとどまりぬいったい誰に別れきたるか

十六歳

たてがみとくづほれやすきこころもち十六歳はいづこへ往くや

にんげんに尾のあらぬこと生きものとしては足らざるごとく思ひぬ

こんこんとただこんこんと眠るべし身の半ばほど未来に溶かし

よどみなく流るる時のなかにゐて過去と未来は均しくあらず

異端ならずまして正統ならずかきくらし降る雪のなか独りありたり

早春

ふたたびとあゆむことなく仰向けの天道虫が陽のなかにあり

火の山のほとりの村に埋もれつつ淡くしづかになりゆくいのち

早春のやさしき雨よわが亡びあるいは近くにあるやもしれぬ

亡びたるものにゆき邂ふごとくあり菜の花の黄のなか歩みつつ

ただひとつ繋がれてゐるたましひがわれより出づるごときゆふぐれ

ひぐらしのこゑ

死は生に否生は死につつまれて白き林檎の花ゆれてをり

われといふ器よりあふれざる思ひあふれむとして春ゆきにけり

揚雲雀きはまりありぬ見えがたきもの見るためになほみひらかむ

死者ひとり送りきたればおほぞらの飛行機雲はほどかれてゆく

風のなか麒麟の首は伸びゆくに進化論とはかなしき論理

夕陽差す窓辺にひらく地図のなか冥府と似たる名を見つけたり

麦の穂は微風に揺れて生きるとは定まりがたき位置に在ること

からうじてこの世に占むる位置なれば端座して聴くひぐらしのこゑ

馬

漆黒の馬あらはれてゆつくりと花ふぶくなかあゆみゆく見ゆ

疾駆するものの徴や　馬にありわれにあらざる浄きたてがみ

草を食む馬はしづかに尾を振りて夕焼けの空揺らしゐるかな

ぬばたまの馬奔りゆく草原に亡びしものがひそみゐるなり

ことばなき世界に生きるものたちの潔きかな断きひとつ

鎮魂歌

食べること拒みしきみの亡骸をうすくれなゐの花うづめゐる

内側に死といふ果実熟れゐしを語らぬままのきみのほほゑみ

うつくしき花のあやふさそのままの生なればその花に埋めむ

ししむらを脱ぎ捨てしきみのたましひの寄るべき花が咲きはじめたり

散り終へし花鎮めむところゑひくく歌へば闇はなほふかくなる

いつよりも旺んに咲きて毿れたるさくら一樹をつつむゆふやみ

北斗星冴えわたる見ゆ夭くして逝きたるひとを送りきしのち

すれ違ふわれをかはして白き蝶ひかりのなかへ飛びゆきにけり

火取蛾

人ごみを歩ききたれば世のなかのおほよそわれにかかはりあらず

霧のなかあらゆるものを受け容るるごとくつばさを濡らしゐる蝶

ゆふぐれの灯りに来たる火取蛾のさびしき貌を見つめてゐたり

錆びつきし有刺鉄線　速贄のとなりに蜻蛉きてとまるなり

花梨の実あはき匂ひを放ちゐてこの世のほかに在るべくもなく

電線に巻きつき葛は咲きのぼりかくあるやわがこころのよぢれ

この家に霊いくつ棲むとほからずわれの加はる日もくるならむ

葡萄園に葡萄の匂ひあふれゐて転生のなき生あらざらむ

わかもの

風の橋渡り終へたりこのわれはいかなるわれを生きてきしかな

ひとすぢの血の流れ・傷・その痛み　青春といふ言葉かぐはし

たましひを嚢につめてわかものは春風の吹く街を発ちたり

ゆふぐれの淡きひかりに乗り手なき回転木馬が泳ぎゆくなり

縄跳びのゐがく環のなか髪ながき少女がひとり位置を占めをり

亡ぶ

早春のひかりのなかのふるさとに眠りゐる家　亡びゆく家

階段の先ふさがれて古き家はくらがりとしてここに在るのみ

この家の過去を思へばゆうらりと黒き揚羽が越えゆきにけり

たてがみのごとき髯もつ男あり半身すでに透きとほりゐて

ゆふぐれに亡びゆくものあるごとく時鐘が淡く響きたれり

桃の匂ひ

異界へとつづく扉があるごとく花野の果てにたちあがる雲

仰向けになりて青空眺めつつはつなつの死者かぞへてゐたり

花終へし馬酔木しづかに眠りゐてこの世はすでに生きがたきかな

あらくさのなかに咲きたるつゆくさの劇しくあらぬ青に遭ひたり

死の側へかたむくゆふべ遠雷を聞きつつ枇杷の皮を剝きをり

濃紺の闇に圧されてつゆくさはくさはらになほ立ちてゐるなり

闇はまづ森のうへより降りしづみやがてすべてをおほひてしまふ

ゆふやみに半ば溶けゐる合歓の木よわれに殉ふべきものあるや

葉を閉ぢて合歓は眠りのなかにあり生きとし生けるもの幽かなり

合歓はそのかひなに花をたつぷりとかかへて風にゆられゐるなり

生も死も杳くありたり桃の実の熟るる匂ひがゆふやみに満つ

にんげん

合歓の実の莢そよぎをりゆふべよりわづかに欠けて月のぼりたり

生が死をつつみてゐるや死が生をつつみてゐるや十六夜の月

鳥の屍のなかにも空があるといふいかなる鳥がその空をゆく

神話よりあらはれきたる男かもしれぬゆふぐれすれちがふとき

素戔男のあらはるるまでを読み終へて閉ぢし書なれど眠りがたしも

逆上がりするときしばし夕焼けの海に溺れてゐるごとくあり

ゆく道の凹凸見えずさりながらゆくべしといふこゑばかりあり

生きものの骨のやうなる枝あつめ放ちたる火が広がりてゆく

空をゆくかりがねの数かぞへをりその内いくつまぼろしなるや

真裸になりたる木々をつなぎゐる蔓あり不意に亡き友のこゑ

にんげんといふかたちありかなしみの満つる器といふほかはなく

はがき

郵便夫持ちてきたるは三十年会ひたることなき友の消息
はがきにはわが覚えゐし住所とは違ふ街の名記されてをり

それぞれにかさねきし日々思ふときひとときは高きひぐらしのこゑ

若き日と変はらぬ繊き文字並び「会ひたい」とその終はりの言葉

向日葵の道ぬけてきし郵便夫　ふたたび花のなかに消えゆく

日常に搦めとられてゆくばかり既にわかものならぬわれらは

合歓の花ゆらして鳥は飛び立ちぬ鳴きゐる油蟬をくはへて

若き日がまぼろしなるやその後がまぼろしなるや　はがきの余白

胡桃の実

転生はとはのまぼろしゆふぐれの水路を流れきし胡桃の実

夕茜うつくしくありそのなかに骸のごとき雲ひとつ見ゆ

背が割れてあたらしき羽あらはるるひかりの芯のごときその羽

蝶の羽はじめてこの世にあらはれてほろほろ音の聞こゆるごとし

あぢさゐの花のゆふやみ人はみなしづかにこの世を過ぎてゆくべし

神あまた棲むゆゑ森はふるさとのもつとも深きを占めてゐるなり

まつすぐに立つ梯子ありその上にさらにつづきのあるごとき夜半

生と死を秤ればいづれへ傾くや黄昏に啼きさわぐ鳥あり

奥信濃

一分も満たざるうちに足跡の消えゆくほどの雪に遭ひたり

降りしきる雪のなかより帰りきて相容れぬ人をふと思ひをり

幾重にもかさなる雪のそこひには鵙の速贄しづみゐるべし

雪霏々と降りてゐるらし英雄は童話のなかに死にいそぎたり

折れてなほ木に遺る枝　夕焼けの空に祈りのかたちのごとし

生と死はわづかな違ひかもしれぬ雪は水面にふれて融けゆく

月読に照らされ雪の野をゆけばわれより別のわれが脱けゆく

亡びゆくものうつくしく死に近きひとの棲み家を雪はつつめり

森

棲む人の乏しくなればせせらぎに芹はしづかに殖えてゆくなり

たかだかと朴の花咲くまひるまの森のほとりに遊びゐる鬼

橅の木はしづかにゆれて洞といふ洞には鬼が棲みてゐるべし
鬼ひとりふたりと村へ降りてきてかごめかごめを歌ひゐるなり
ゆふぐれのひとときわれと遊びたる鬼が森へとかへりゆくかな

信濃とは黄泉につながる国ならむ木々の葉つねにさわだちやまず

人間の言葉は要らずそれぞれに木が語りゐるゆふやみなれば

森太郎と名づけられたる橅の木のこずゑを占めて嗤ひゐる鬼

橅の葉のかたちの足痕ひとつふたつあるいは鬼の遺したるもの

凡そこの世は見えがたきものばかり死のなかの生・生のなかの死

輪となりて舞ふ鬼たちはこゑもなく新しき鬼と入れ替はりゆく

生き場所も死に場所もともにあやふくて蜩のこゑ徹りゆくなり

驟雨過ぎてしづかになりし森のなかあまたの木霊言霊浮かぶ

ふかぶかと闇をかかへる森ぬけて他界へかよふ道のあるべし

生死

草ふかき信濃の果ての霧霽れていつかは神の舞ひ降りる谿

半ばほど死に領されてゐるならむ霜に遇ひたる蝶のつばさは

霜月の蝶の飛ぶ道さだまらずとほからぬ死を牽きゆくごとし

閉ぢられし蝶のつばさはしろがねの霜につつまれ飛ぶことあらず

これの世に生死それぞれひとつづつ与へられたるわれらなるかな

如月弥生

まづ右の肩をはらへば亡き人に邂へるやしれぬ雪のゆふぐれ

かなしみは怒りの果てにあるならむ降りつむ雪に韻きありけり

未だ知らぬこの世にあらぬ世を思ひ雪降るなかを帰りきたれり

いふなれば残余の生を生きゐるや鬼やらふこゑかすかに聞こえ

春立つや明日には遺書を調へむさう思ひつついくたびの春

冬薔薇が一輪挿しに挿されゐて立ちかへるべき位置もたぬわれ

たましひのあくがれいづることあらずけふもきのふを繰り返しつつ

生まれ月その名をもちてわが母は弥生のひかりのなかに老いたり

半ばほど身の透きとほる人がゐて欠けたる月のかけらを拾ふ

とこしへに飛びたつことのあらざれば折り紙の鶴のさびしきかたち

卵黄にわづか血のすぢ混じりたりこの血につながるもの何もなし

にんげんのかたちの嚢につつまれてそれなりに日々過ごしゐるかな

陽だまりに咲くいぬふぐり人生のおほかたは既に過ぎてしまへり

連翹の揺るるゆふぐれ　死者の父生者の母が語りあふらし

日月

咲きしゆゑ散りゆく花よそれ以上以下でもなしと思ひ在るべし

問ふこともなく歳月をかさねきてここにかうして在ることの是非

「さて」と措きそののち繋ぐ言葉なし蝸牛しづかにあゆみはじめぬ

吊り橋のかたはらに咲く朴揺れて死者とゆきあふごとき日があり

括るべきふるさとならず谿ふかくしづかに合歓の花は散りゆく

後れたることばかりなりながらへてふたたび合歓の花を見るかな

生と死を分けゐるものは何ならむ名残のあさがほひらきゐる朝

諦めをかさねてきたる日月を越えられぬままなほここにゐる

瑣末なることはまとめて捨て置かむ風をまとひてさすらふばかり

墓地裏に咲く曼珠沙華くれなゐは死者の矜恃といふばかりなり

おほよそは枯れてしまへる朝顔のしづかに捧げもつ紺の色

襤褸

谿ふかく叫べど木霊はかへることなし捨てられぬふるさとなるや

先んじてゆくことあらず独りきりたつたひとつの生かかへゆく

いくたびか霜のあしたを越えたれば蝶は襤褸といふばかりなり

生きてゐることもあるいは幻と言はねばならぬ言ってはならぬ

水面より翔びたつ鳥の遺したる環がゆらゆらとひろがりてゆく

記憶のかけら

つゆくさは雨に濡れつつなほ青くつひには無頼ならざるわれか

こゑひくく山鳩啼けり亡ばぬと亡ばぬといふそのひくきこゑ

向日葵はひときはたかく歌ひをり無頼たるべし異端たるべし

こころここに在らず真夏の空ふかく黒き揚羽は舞ひあがりたり

紛れなく生あるものは亡びゆく亡びの果てに在るもの知らず

言ひかけてつひに言はざり前の世の記憶のかけらわれにあること

不意に思ふ柘榴の枝に柘榴の実あるといふそのいかがはしさを

ながれゆく水に匂ひはあらざれどふと過ぎゆきの匂ひたちたり

いのち

つゆしぐれ老いゆくのみのわれがゐて命は革めらるることなく

ゆくさきのさだまらぬまま立ちてをりたつたひとつの命かかへて

語られぬ真実あればうろくづのしづかなる眠りを思ひてゐたり

あきらめを累ねてきたる日々なるや霜につつまれ咲く薔薇の花

記憶とはほろほろ崩れ落ちさうでつひには崩れぬものにあるかな

春立つや

いちめんのしろがねの霜　生と死はわづかばかりの隔たりなるや

ふと歌ふ夕焼け小焼けかなしみは怒りより先にくることあらず

春立つやおほかた違ひはあらざらむわれの在る世とわれのなき世と

言葉にて心をつつむさはあれどことばもこころもここにはあらず

こころざし挫かれし日のことなどをただ淡々と思ひてゐたり

まぼろし

自転車の車輪捨てられ走ることもはやまぼろし春はまぼろし

春は死にめぐられてをりいくひらか黒き揚羽がかよひゆきたり

ゆくすゑを思ひて在れば思惟思想ほろほろくづれゆく気配あり

水の辺に咲くかきつばたその影のむらさき色のゆふぐれなりき

ゆつたりと時のながれに身をゆだね思ふこの世はやはり仮の世

葡萄園

ゆふやみは葡萄の匂ひに満たされてまぼろしよりも杳きものあり

われのゆくするゑ見えがたし翳す手はみどりの葡萄の房に触れたり

やはらかき秋の光に濡れながら実をなさぬまま立つ一樹あり

かたちなき水にかたちをあたへむと硝子の器を取りいだす妻

死の匂ひともいふべきや葡萄の香ながるる果てに緋の曼珠沙華

小海線

小海線三岡駅のかたはらに白きなづなの花ゆれてをり

さて、と言ひ繋ぐ言葉を捜しつつ二両の列車の着きたるを見ゆ

行く先はもはや分かたぬ廃てられし転轍機春のひかりに濡れて

早春のひかりのなかをしろたへの蝶がひとひら流れゆきたり

さすらひをねがひし若き日は杳く春の嵐のなかあゆみゆく

流離への思ひもあるやわかものが喫水に口すすぎゐる見ゆ

立ち枯れし芒を刈りて火を抛つ人生すべて括らむごとく

裾野広き火の山見えて過ぎゆきはすべて過ちのごとく思へり

始発より終着駅まで乗りしことあれは二十歳の夏の日のこと

友とふたり小諸駅より乗り込みて四時間ほどを語りあひたり

分かりあふことなどあらず詩を書きて死を論じたることもまぼろし

そののちは喧嘩別れのまま過ぎて風の便りに聞くこともなし

生き死にのほか考へることあらぬ若き日ありて未だ生きをり

糸蜻蛉冬越えたるやあはれあはれ飴色の羽展ばしてゐたり

夕焼け

秩序なく散りゆく花のいくひらか掬ひてふたたび解き放ちたり

ゆふやみにぶらんこ揺れて遺されしものは祈りと矜恃のかけら

詩に病みて死をこひねがふわかものがまだわが内に棲みゐるごとし

花びらはかぎりなく谿に流れゆきゆるぎなきわれといふはまぼろし

夕焼けのなかへ坂道つづきたり論理なきこと清くあるべし

緑の匂ひ

歳月のかなたに何も見えざれば夢に追はるることもはやなし

わが生はわが引き受けるほかはなくたつたひとつの影を曳きゆく

ここに在るわれはまぼろし本当のわれはいづれをただよひゐるや

風よりも高き空にて啼く鳶のゑがきゐる輪のなか何もなし

生者なるわれと死者なるわれがゐてただあふれゐる緑の匂ひ

千曲川

森ごとに鬼が棲みをりわがつひのすみか信濃をつつむ朝霧

橋脚に分けられし水その後にふたたび一つとなり流れゆく

蝶一羽風に溺れてなほも飛びつひには川をわたり終へたり

藤蔓にくくられしわがたましひか輪廻転生といへばかなしく

ゆるぎなき生きかた望むべくもなく死に殉ふをいのちと言はむ

いのちとはまことあやふし水流にとどかむとする藤の花房

正義とは語らざること風向きが変はりしのちのしづかなる午後

過誤多き生なればこそわが生と言ふべく川を瞰る位置に立つ

もろもろの死者を思へりそのなかにわれあることも当然として

ゆふやみはわれのたましひまでも占め前世も来世も見えがたくあり

ゆゑもなきかなしみあれば樹の下に坐せりふたたび鬼となるべく

くさむらに自転車捨てられありたれば車輪に絡まる朱きくちなは

どくだみの花つゆくさの花ありてわれを異端といふならばいへ

夢に顕つものみな浄しいふなれば悔悟の尻尾のごときものまで

死は不可視といふべきやわれの死をわれが見ることあらぬと思へば

つきつめて否つきつめられてわれといふ鬼の在りやう言ふべくもなし

生きるゆゑ見えがたき日のゆふぐれにあけびの花がしづまりてをり

朴

信濃には鬼が棲みゐる森ありてその森ふかく朴の花咲く

朴の蘂むしりて食へばうまからうこずゑを鬼のこゑわたりゆく

ものみなは闇にしづまり梟のこゑひくくあり前の世はるか

角はづしこの世に紛るる日々累ねふたたび森へ帰るはいつの日

わが影と朴の影とが重なりて鬼の影へと変はりゆくかな

くちなは

手足なきものくさむらをすべりゆきもの持たぬこと浄くあるかな

野に遭ひしやまかがしその赤き背は鈍きひかりをまとひゐるなり

かなしみの端緒のごとき頭をもちてくちなは草をかき分けてゆく

くちなははうすくれなゐの花散らす合歓の根ぎはに隠れゐるらし

その赤き舌思ひをりくちなはのゆきたるのちのくさはらしづか

息ひそめくちなは避けしわが上をゆらり越えゆくぎんやんまあり

夏陽享けくちなはありきいふなれば死からもつとも遠き生きもの

くさはらを奔るくちなはゆきどころなきわれよりも確かなる生

日常

生と死のいづれの重さも量りかねかたはらをゆく蝶とらへたり

黄昏の花舗のまへを輪郭があやふやなままのわれがゆくなり

その影をたたむがごとくふかぶかと一礼をして人は去りにき

木の影は水面にゆれておしなべて揺らぎゐること正しくあるか

日常のしげみのなかに「わたくし」は埋もれて銀の穂芒の波

雪を踏む音

ゆつくりと命かたむきゆく母の言葉は小春日に溶けてゆく

しろがねの霜につつまれ蜘蛛の巣の真下に蝶の羽ひかりたり

からたちに鵙の速贄あることを母にはつひに語らずありき

あかつきの木々のあひだを風とほり風にしたがひ母は逝きたり

かさねたる月日の重さなど何もなかつたやうに目を閉ぢてをり

あけぼののひかりは淡しまなうらに何を遺して逝きたる母か

喪ひしときばかりなりかくまでも花に囲まれ在るといふのは

飾られし花のなかにて一晩を死者と生者がならびて眠る

にんげんのかたちがつひに畢るとき炉に入りてゆくははそはの母

うらがへりひるがへりつつ公孫樹舞ひそのなかに立つ若き日の母

木には木の雲には雲の影ありて死者はいかなる影を曳きゆく

生きてゐる側なればこそかなしみはありてしづかに降りしづむ雪

そのつばさかなしみよりも透きとほり雪降るなかを発つ鳥があり

なにものも見えねどふかきゆふやみに雪踏む音が遠ざかりゆく

嬬恋

まぼろしとうつつ交はり春の日は溶けゆくごとくゆうらりゆらり

かたはらに人のゐること陽だまりに指をからめてしばらくありき

若ければ諍ふこともいさかはぬやうになりたり　妻のくちびる

花のなか思へば『めぞん一刻』にゐがかれし朝のひかりかぐはし

春なればこころの痛きこともあり例へば五代と響子のゆくへ

若き日の夢のつづきはそののちの紆余曲折の果てにあるかな

わづか交差してゐし夢がかさなりてふたり在ることかくも尊し

つづら折り越えて来たればゆふさりて嬬恋といふ村に着きたり

嬬恋のさくら花びらふりしきるゆふぐれ妻も語らずありき

妻の脈ひびきゐるなりゆふやみのさくらふぶきを浴びつつゆけば

交はしたる約束のうちいくつかは果たせぬことも許しあふべし

分かちあふもの乏しくも花ふぶくゆふべを妻とふたりありたり

幾千の花びらながれいふなれば互みは互みの部分として在り

ゆふやみのなかにほのほの花あかりありて鞦韆ゆきかへりする

歳　月

おほかたの花は散り終へこずゑには淡きひかりの幾千の粒

歳月はくづほるるなくかさなりて死までの時間いかほどやある

みづからの立ちゐる理由を問ふべくもなく風のなかいつぽんの楡

きりぎしをのぼる蝶ありゆふされればそのきりぎしをくだる風あり

楡の木に死者はつどへりゆふぐれはわが父母も寄りゐるならむ

朝顔

幼馴染みの自裁の報せ届きたり朝顔なほもひらきゐる午後

みづからを諦めることそのほかに択ぶものなしさもあらばあれ

おほかたは忘れ去られてゆくならむ確かに人が生きゐしことも

若からぬもの語りあふ若からぬゆゑに悔しきことばかりなり

この寒い思ひはいつたい何だらうじやんけんに負け泣いてゐた彼

みづいろ

ゆく春やつまさき立ちの少年の見てゐる海がわづかかたむく

青空に雲雀のこゑのみ遺りゐて見えざることはうつくしくあり

はつなつのひかり透かして若き葉が揺れをり……矜恃ほろほろ

在る在らずまぼろしうつつ　淡みどり濃みどり混じりあふ森をゆく

麦の香のしづかに流るるゆふやみの底ひに澱のごとき野心は

色がはりしてゆく花が揺れてをり変はらぬものは愚かといふべく

桑の実の濃きむらさきを含みつつ二十歳にゐがきたる夢霧散

死を嚢みゐることすなはち生なればやんまの羽化もかなしくあるか

みづいろは水の色にはあらねどもながるるものをいふにふさはし

かがやきはかなしみゆゑにあるならむ幹にとどまる青きかなぶん

確かなるものひとつなくまぼろしに占められてゆく日々の暮らしは

吊られゐるごとくにてんたう虫が飛び夏のひかりは淡く濁れり

生者のみ死者を思ひてゐるならむふと潰したる桔梗のつぼみ

死が見えるやうになりたり若き日はまぼろしばかり見てゐしものを

あとがき

三冊目の歌集になる。平成十八年から三十年までの十三年間の歌のなかから、三〇〇首余を撰んだ。主に「短歌人」「さて、」に発表したものである。自分の歌を纏めてみると、いつも思うことではあるが、貧しい営為と言うしかない。なぜこんなにも限られた言葉、限られた世界に拘っているのだろうかとも思う。

十三年の内の五年は単身赴任生活を送り、その内の二年は雪深い奥信濃で暮らした。勤務する学校の校庭には三メートルもの雪が積もった。それでも私の暮らした二年は、ともに雪の少ない年だと土地の人たちに言われた。激しく牡丹雪が降るなか、鷽が頻りに桜の花芽を啄んでいる姿が印象的であった。あらゆるものが雪のなかにあった。この二年間は、わたしに改めて信濃の山河について考える機会を与えてくれた。

学校のすぐ近くには千曲川が流れていたが、それまで私が目にしていた千曲川とは違う流れであった。上流域と中流域との違いと言ってしまえばそれまでだが、流れに育まれているものすべてが違うように見えた。上流の鋭さとは異質なおやかさ。時には下流域そしてこの川の流れ着く日本海にまで思いを寄せることもあった。

周囲の山は橅に覆われ、その森には人間とは異質なものたちが棲んでいるように思われた。生きるということに対して、根源的な問いを持っている者たちが棲んでいるように思われた。「いかに生きるか」という現実的な問いではなく、「なぜ生きるか」という生者としてより根源的な問いを抱えている者たちが。

教職を退いて既に二年が過ぎた。子どもも家を離れ、妻と二人だけの生活になった。そして二人でよく出かけるようになった。浅間山の西方に地蔵峠という峠があるが、わが家から車で一時間もかからずに着く。峠は県境にもなっており、向こう側は群馬県嬬恋村である。年に数回は妻とこの峠道を上ってゆく。この歌集は『嬬恋』と名づけた。理由は推して知るべし。

版元である六花書林の宇田川寛之さんには大変お世話になった。深謝する次第である。

平成三十一年卯月　浅間南麓にて

原田千万

嬬　恋

2019年 6 月20日　初版発行

著　者――原 田 千 万
〒389-0206
長野県北佐久郡御代田町御代田1632－1

発行者――宇田川寛之

発行所――六花書林
〒170-0005
東京都豊島区南大塚 3－24－10－1 A
電 話 03-5949-6307
FAX 03-6912-7595

発売――開発社
〒103-0023
東京都中央区日本橋本町 1－4－9　ミヤギ日本橋ビル 8 階
電 話 03-5205-0211
FAX 03-5205-2516

印刷――相良整版印刷

製本――仲佐製本

定価はカバーに表示してあります
ISBN978-4-907891-83-1 C0092